우연은 필연처럼 오지

KB193009

김영삼 시집

우연은 필연처럼 오지

달아실시선
83

달아실

보조 용언과 합성 명사의 띄어쓰기 등 본문의 맞춤법은 시인의 의도에
따른 것임.

연두가 이쁘네
중얼거리는 사이
짙푸른 초록이 되었다

느리게 오는 시간을
저만치서 기다리던 때도 있었으나

이제는 시간이 앞서간다
기다리지도 않고 냉정하게 달아난다

혼자 뒤처져 천천히 가다 보니
보이는 건 모두 흠집뿐이다

짊어지고 가야 할 부끄러움이
하도 무거워 걸음이 휘청인다

2024년 가을
김영삼

차례

우연은 필연처럼 오지

2부

3부

4부

1부

백로

갈아 놓은 밭에서 백로 한 마리
한참을 섰다 한 걸음씩 세월없이 간다

산다는 것에 대한 질문이 많은지
온몸이 '?'

한 발을 앞으로 내밀 때 모가지도 앞으로 늘어나고
내민 발이 땅에 닿을 때 모가지도 도로 오므라들고

한 발짝 옮길 때마다 허물고 새로 짓는 물음표

초짜 농군이 신기한 농서를 보듯
밭이랑 골똘히 들여다보다 잠시 먼 산도 보고

가끔 큰 답을 얻었는지 목을 길게 쭉 내뽑아
온몸이 '!'표다

홀로 묻고 홀로 답하며 홀로 가는 몸이 눈부시다

내 마음 가는 길

내 마음이 너에게로 가는 길은
밤길이다

한낮에도 굳이 가겠다고 하면
나는 눈을 감아
밤이 되어 준다

그리하지 않아도 갈 수는 있지만
내 마음은 눈뜬 봉사라
밝은 길보다 어둔 길이 더 빠르다

어두면 어둘수록 가는 길은 훤하다

너는 눈을 감지 않아도 된다
늦은 밤에도 오래 불 밝혀라

너에게로 가는 내 마음 길은
벌건 대낮도 캄캄한 밤길이다

홀로서기

너를 보내려고
수평선 너머로 아주 떠나보내려고

바닷가에 왔다

한때 너는 나의 종교여서
온갖 말씀과 믿음으로 두툼해진 경전
차마, 통째로 던질 수는 없고

한 장 한 장 뜯어내어
종이배로 띄워 보내야 하는데

저 멀리 흘러가다가는 제자리서
갈매기 떼처럼 둥둥 떠서 일렁거리고

나는 마음 약해질까 애타고 조급하여
네가 넘어가야 할 먼 경계선만 바라보는데

철–썩, 철–썩

띄워 보냈던 것이 언제 밀려와
발밑에 축축한 종잇장이 하얗게 깔렸다

우연은 필연처럼 오지

참으로 이상하지
벚꽃 질 때가 되면 세찬 비바람이 불지

낙엽이 질 때도 그렇지
매서운 찬바람이 남은 잎을 마저 데리고 가지

필연처럼, 질 때가 되면 꼭 바람이 오지
떨어지지 않으려고 악착같이 붙어 있는 것들
나무는 차마 어쩌지 못해 넋 놓고 있을 때, 오지

휘몰아치는 바람은 미련을 거두어 가는 검은 손

문자

마치 금방이라도 달려올 듯이 너는
'어디?'
짧은 여운을 남기고

이 늦은 밤에
아니 올 줄 알면서도 기다리는 것은
쓸쓸한 행복이다

너여, 기어코 오지 마라
이 긴긴밤을 내가 견딜 수 있는 것은
오지 않는 발자국을 기다리기 때문이다

이제나저제나
한 시간이나 두 시간이나

행여나 하는 마음이 있어
어둠을 더 어둡게 하는 마음이 있어

그나마 이 밤을 빨리 지새우기 때문이다

사랑과 고독

벽이란 남자는 고독 그 자체였다
남루한 몸을 어둠이 도배했다

저만치 탁자 위에 턱을 괴고
하얀 얼굴의 여자는 또 언제나 파리했다

서로 손 뻗으면 맞닿을 거리에서
서로 손을 감추고서 일정한 거리를 지켜 왔다
둘은 그렇게 가까이서 멀어져 있었다

몸속에 고압의 전류를 내장한 줄도 모르고
얼굴에 고만한 전구가 들어 있는 줄도 모르고

오랫동안 꽉 차 있던 어둠의 문이 열리고
한 줄기 빛이 혈액처럼 흘러들었다
단단하게 굳어 있던 외로움이 한순간 물렁해졌다

스르르 백사가 기듯, 하얀 손이 차가운 손을 찾아왔다

콘센트에 플러그가 꽂히고
창백한 얼굴에 환한 불이 켜졌다

칙칙한 벽지가 흘러내리고 이내 고독도 밝아졌다

나목

그래,
남아 있는 것보다
떠나가는 것이 더 쉬운 일인지도 몰라

제자리에 장승처럼 서서
희미해지는 모습 그저 바라만 보지만
차마 못 볼 것이 멀어지는 뒷모습이야

연두색 원피스에 여린 손 내밀며 다가와
손바닥으로 온몸 때려가며 좋아라 하다가
끝내는 마른 손 오므리고 떠나가지만
너는 내게서 온갖 손짓으로 살다 가지만

가다 서다 가다 서다 너는 가고
나는 둔덕에서 허공만 오래 쳐다보고

마술사 같은 현란한 손놀림에 푹 빠져
나는 내가 누군지도 모르고 홀려 살다
하루아침 벌거숭이가 되어

초라한 몰골이나 물끄러미 내려다보지만

그래,
떠나가는 깃이
남아 있는 것보다 더 잘한 일인지도 몰라

못길

오갈데없는마음같은마른논에물꼬가트이고모가심어졌다

어디로가야하나앞이보이지않던마음에수십개길이생겨났다

분명한길만다니던몸이라훤한길을보자몸이먼저다가섰다

저길은내몸이함부로갈수없는길이어서마음도두고눈만갔다

한길한길따라가다어느길에서는길손을만나듯오리도만났다

끝이빤히보이는길은길이아닌것도같아가면서도멈칫거렸다

푸른가로수쭉뻗은길을반나절오가도모든길이오리무중이다

바닷가 외딴집

따사한 봄날, 우연찮게 불청객이 되어
앵두나무네 합동 혼례식을 구경했었지요

하얀 면사포 꽃 신부들은 수줍어하고요
벌 신랑들은 연미복 팔락이며 들떠 있더군요

아들딸 주렁주렁 낳아 다복하게 잘 살라고
축의금 대신 축복이나 해 주고 돌아왔는데요

사는 게 다 그렇데요, 앵두나무집을 다시 찾아갔을 때
지난 폭풍우에 바다로 나간 배가 여태 안 돌아왔는지

사내도 그 많던 새색시도 어디 가고 젊은 아낙 여나무
볼탱이 빨간 자식새끼 품고 있는데, 맘이 참 그렇더군요

파란 기와집 마당에서 미역 줄기는 저 홀로 말라 가구요

독방

이럴 줄 알았으면 따라갈 걸 그랬다

늦도록 창문 두드리던 바람
홀로 포장마차 문을 열치겠다

쪽방에 앉아 전날 먹다 남은 술을 마신다
문득,
살아온 날들이
김빠진 소주 같다

걸어온 길도
걸어가야 할 길도
그저 맹송맹송하기만 한 밤

너도 허전하냐
빈 병 대가리에 잔 모자를 씌워 주었더니

한참을 묵묵히 있던
소주병이

주

르

르

눈물을 흘린나

오롯한 그늘

나는 나뭇잎처럼 주렁주렁 그늘을 달고 살아
그늘을 좋아하네

사랑이 사랑을 만나서 사랑을 잃듯이
그늘이 그늘을 만나면 그늘을 잃어버려

이제는 점점점 쇠락하여
숭숭 구멍 뚫린 그늘을 찾아가네

작은 은행나무 한 그루

나무는 남은 손이란 손은 다 펼쳐서 이마를 가리고
그 손차양 그늘마저 햇살이 야금야금 갉아먹고 있네

푸른 잎은 다 먹고 잎맥만 남기는 풀쐐기처럼

마음마저 샛노래지던 은행 그늘이 사라지니
검푸른 나의 그늘만 오롯하게 다시 살아나네

2부

하얀 기도

달랑 김치 하나 놓고
밥을 먹는다

하루가 지옥이면
밥맛은 천국이다

교회에 나가지는 않지만
이처럼 밥이 꿀맛일 땐
기도를 한다

자르르 윤기가 도는 밥알 넘기다 보면
딱히 누구에게랄 것도 없이
감사기도가 절로 몸에서 흘러나온다

하나님은 당신만 믿으라 하셨으나
이럴 때 나는 밥을 믿는다

밥이 나의 하나님이시다

아르바이트

생각은 새처럼 복잡하게 하늘을 날고
몸은 지렁이처럼 단순하게 땅에서 기지만

새가 지렁이를 집어먹듯
생각이 몸을 잡아먹기도 하지만

끝내 이기는 것은 몸이다

자취방으로 검은 빗소리는 새어들고
무얼 먹긴 먹어야겠는데 라면밖에 없고

구차하게 먹느니 산뜻하게 굶자고
생각은 고상하게 날개를 접지만

결국,
몸은 청승맞게 컵라면을 먹는다

버릇

총알이 심장을 관통해도
눈만 뜨면 되는 거야
눈을 뜨면 감쪽같이 살아나는 거야
그동안 얼마나 많은 죽음 앞에서
살려고 발버둥치며 식은땀을 흘렸는지
죽어 가면서도 너무나 억울한 것은
이유도 없이 죽어야 하고
말도 안 되는 이유로 죽는 것이었어
하도 많이 황당하게 죽다 보니
어느 날 불현듯 깨달음이 왔지
살아날 땐,
늘 눈을 뜨고 있다는 것을
눈을 뜨면 다시 살아난다는 것을
알고부터 죽음이 두렵지 않았어
쌍불을 켜고 달려드는 이리 떼에 쫓기다
까마득한 벼랑 아래로 한없이 떨어질 때도
눈을 떠! 감으면 안 돼! 눈을 떠야 해!
필사적으로 눈을 뜨면 간신히 살아나지
악몽을 자주 꾸면서 생긴 버릇이야

이젠 꿈속이 아니어도 죽었구나 싶을 땐
두 눈을 부릅뜨지, 그럼 다시 살아나니까

집으로 가는 길

소주잔 돌려 가며 알량한 지식으로
답도 없는 사는 문제 늦도록 풀다
비틀비틀 걸어가는 길
손깍지 끼듯, 꼭 맞는 사람은 세상에 없는 거라
생각하며 듬성듬성 켜진 가로등 아래로
와! 이리 외롭노… 중얼거리며
모가지 꺾인 해바라기처럼 수그리고 가는 길
그림자가 위로하듯 따라오고 있네
말없이 앞장서서 길 안내를 하다가 어느새
옆에서 부축도 하고, 등 뒤에서 밀기도 하네
그러고 보니 그림자는 나를
인도하는 스승이고, 동행하는 동반자고
올바로 가는지 지켜보는 감시자네
나의 혼이요, 뿌리요, 실체여서
그림자가 없으면 나도 없고
그림자 때문에 여태껏 살아온 거라고
내가 사는 게 아니라
그림자가 매일매일 살리는 거라고
살리느라 종일 굶어가며 따라오는 거라고

생각하다, 그림자도 이제 그만
들어가 부은 발등 씻고 쭈욱 뻗고 싶을 거라
생각하는 것인데, 오늘따라 집은
왜 이리 멀고 안 보이는지도 문득 생각하네

정년

돌이켜보니
여태껏 내가 한 일이라곤

집을 떠나는 일

떠났다 다시 돌아오는 일

해가 뜨면 일어나
어김없이 집을 떠나고

해가 지면 또 일어나
빠짐없이 집으로 돌아왔으니

아무리 오래 멀리 떠났어도
언제나 돌아올 만큼만 떠났으니

오늘도 무슨 이유로 집 떠났다가
아무런 이유 없이 다시 돌아오는

녹슬어 가는 불알시계

혼잣말

왜, 배롱나무는 늙어서도 멋있는 줄 아나?

이렇게 양분을 주니 그렇지
거나하게 취한 친구는 나무 옆에서 부르르 몸을 떨고

(홀딱벗고 싹 다 보여 주기 때문이지)
누가 듣든 말든 혼잣말로 중얼거리고

어때, 내가 더 멋있지?
나무에 기대 한쪽 다리를 꼬던 육순이 휘청거리는데

나는 가까스로 팔을 부여잡고 또 혼잣말한다
(그래, 평생 개폼만 잡다가 멋도 모르고 가는 거지)

별거

별말 없이 조용히 술잔이나 기울이면
다들 무슨 걱정거리 있느냐고 묻는다
(사실은 마음이 고인 물 같은 때이다)

실없는 소리도 해가며 히히덕거리면
다들 무슨 좋은 일이 있느냐고 묻는다
(사실은 마음이 여울물 같은 때이다)

나는 어쩌다 이렇게 되었다
몸 따로, 마음 따로
산다

웃고 있어도, 울고 있다

몸이 후회다

내 몸은 후회로 가득 차 있다

쌀이 꽉 차서
자루를 일으켜 세우듯이
후회가 목까지 차올라
몸뚱이를 꼿꼿이 세우는 것이다

누런 정부미 포대 같은 몸통에
입이 했던 후회
손이 했던 후회
발이 했던 후회
눈이 했던 후회
후회란 후횐 죄다 담겨 쩔고 있다

내 몸에 달린 건 모두가 후회하기 위한 것

양 귀를 잡고 쌀을 쏟듯, 거꾸로 들면
온갖 후회들이 자르르 쏟아질 것이다

후회가 다 빠지면 텅 빈 자루처럼
맥없이 흐물흐물 무너져 내릴 것이다

포대가 낡아 가니 곳곳에서 후회가 샌다

빨래방

할 수만 있다면
표백제 한 바가지 넣고 나를 빨고 싶다
할 수 없어서
나의 허물만 잔뜩 집어넣고 빨래를 한다
감방 같은 작은 방에
죄 많은 내가 들어가야 마땅할 독방에
죄 없는 나의 분신만 쑤셔넣고
마치 면회 온 사람처럼
투입구 유리문 앞에 앉아 있으면
최근 죄목이 곤두박질치며 구르고 있다
술잔을 박살 낸 왼팔이
의자를 불구로 만든 다리가
게거품 물고 멱살잡이하던 목깃이 서로 엉켜
부글부글 거품이 일어 허물을 지우자
후회가 몰려온다, 나는 요즘 왜 이렇게 분노하는가
자유자유 하면서 자유를 짓밟는 건 무슨 자유인가
공정공정 하면서 편파를 일삼는 건 어떤 공정인가
가만히 있어도 죄는 고리대금 이자처럼 불어나고
면회시간 끝났다는 듯이 삐삐 신호음이 울린다

감방에서 뺑뺑이 돌다 축 늘어진 나의 분신
서둘러 그러모아 교화소를 나서면 눈부시다
결코, 비겁하게 살아서는 안 되는 일이지만
나는 또 며칠 깨끗한 척 몸 사리며 살 것이다

눈물, 눈물

1
눈물 많은 내가
슬픔 많은 땅에서 살다 보니
눈물샘이 말라 바닥이 드러났나 보다
크나큰 슬픔에도 눈물이 나지 않는다
노란 유채꽃이 지고, 붉은 철쭉이 가고
하얀 국화가 시들어도…
눈물이 마르니
샘 바닥에 불쑥불쑥 드러난 주먹돌처럼
쓸데없이 분노가 치밀어 오른다

2
눈물 많은 내가
감동 없는 땅에서 살다 보니
눈물샘이 가득 차 철철 넘치나 보다
자그마한 감동에도 눈물이 난다
색종이로 오려 만든 한 잎 카네이션에도…
눈물이 흐르니

샘 바닥에 반짝반짝 피어나는 은모래처럼
괜시리 잔웃음이 흘러나온다

때늦은 반성

콧잔등에 팥알만 한 흉터가 생겼다
거울 볼 때마다 눈길이 멈추나 그뿐이다
서른이라면 벌써 말끔히 지웠을 것이나
지금은 이순, 그냥 복점이거니 생각한다

머리도 가을 낙엽송처럼 우수수 떨어지더니
마침내 허전한 겨울 숲이 되었다
계절이 바뀌는 건 당연지사라 생각한다

언제부턴가 나는 나에게 너무 관대하다

단지 편하다는 이유만으로
밑단이 헌 옷을 주구장창 입고 다니고
머리칼이 귀를 덮고 수염이 열흘 자라도
깎지 않는다, 그래도 불평이 없다

언제부턴가 내 몸도 나에게 너무 관대하다

나도 나에게

양말 색깔까지 세심하게 신경 쓰던 적이 있었으니
너만 바라보며 살던 때이다
이제는 나만 바라보고 사는 때

하지만, 너무 쉽게 나를 막 대하는 걸 보면
나는 아직도 나를 위해 사는 게 어려운가 보다

이해할 수 없는 이해

나는 너무 많은 이해를 하고 살았다

어느 날, 느닷없이 집안 곳곳에 부적처럼 나붙은
빨간 딱지를 이해했고
공납금 미납이라고 집으로 내쫓는
창 많은 학교를 이해했다

아버지는 집이 있어야만 가장이지만
어머니는 집 없이도 가장이라는 걸 이해했고
국수 한 다발과 단칸방의 어둠이
다섯 식구 일찍 잠재우는 자장가란 걸 이해했다

서른 번도 넘는 이사를, 뿔뿔이 흩어진 가족을
번번이 돌아서는 여자들을 이해했다

때로는 도저히 이해할 수 없는 것을 이해했다
따뜻한 남쪽에서 희한한 일들이 벌어졌을 때도
삭발하고 머리띠 두르고 거리로 뛰쳐나갈
용기가 없어 침묵했고, 침묵하는 나를 이해했다

이해가 사는 길이고, 살아남는 길이라고 이해했다
이해가 가해가 되는 줄도 모르고
이해하나가
이 해가 다 가는 줄도 모르고

나는 그동안 너무 많이 해이하게 살았다

실연

'나를 사랑하자'

병신년 새해 아침, 첫해가 떠오르길 기다리며
풍등에 소망을 적어 띄워 보냈다

어떤 이는 너무 많은 소망을 적었는지
채 날아오르지도 못하고 바다에 떨어졌지만
나의 붉은 등은 가까스로 하늘 높이 날아갔다

한 번도 사랑해 본 적 없는 나를 사랑하자고
너 없이도 할 수 있는 쉬운 연애를 해 보자고

아침마다 거울 앞에서 사랑한다 고백하고
저녁이면 거울 속에서 사랑을 확인하지만
어쩐 일인지 뚱해서 그저 쳐다보기만 한다

세상에 쉬운 길이란 참으로 없는 길인가 보다
뜬구름이나 쫓아가며 한눈팔고 사는 동안
나도 모르게 나는 까칠한 남이 되었는가 보다

불구인 채로 한 해가 다 가도록
사랑다운 사랑 한번 못 해 보고
나는 나에게서 번번이 차인다, 빙신같이

불온한 생각

나는 뼈대 있는 가문의 후손이 아니어서
뼈가 있는 것은 별반 좋아하지 않는다
뼈가 많은 생선도 싫고, 말끝에도 뼈가 있으면 싫다
대를 잇는 것도 그닥 좋아하지 않는다
그래서 족보도 소중히 챙기지 않고
따라서 자식도 살뜰히 돌보지 않는다
족보는 어디에 처박혀 있는지도 모르고
하나뿐인 아들은 저 알아서 잘 살라고 한다
조상 운운하는 자는 왠지 곰팡이 내가 나서 피하고
자식 자랑하는 자는 왠지 구린내가 나서 멀리한다
자식이야 분명코 내 코피의 산물이긴 하지만
이 세상에 나와 제 이름을 갖는 순간,
나에게 종속된 유일한 핏줄이 아니라
푸른 지구에 소속된 유한한 명줄이어서
돌보려면 전 인류가 합심해서 돌봐야 한다
생각한다, 비유를 더 하자면 자식이란
조롱 속 앵무새가 아니라
산천에 널리고 널린 뭇 새 중 하나여서
해와 달과 비와 바람의 품안에서

자유롭게 날다 자연스럽게 가는 것이라
생각한다, 이걸 자식이 알면 무척이나
서운해할지도 모를 일이지만 아들아!
생각이 그렇고 그렇다는 것이니 미워하려거든
부디, 되지못한 이 애비 생각이나 미워하거라

단시短詩

1. 즐거운 산책

하늘을 쳐다보고 걸으면
세상에서 내가 제일 작다

땅을 내려다보고 걸으면
세상에서 내가 가장 크다

2. 자문자답

나무는 늙을수록 멋있지
왜 그런 줄 아나?

겉 나이를 먹지 않고
속 나이를 먹기 때문이지

3. 복사꽃

꽃은,
나무의 속엣말

꾹꾹 참았다가 단번에
확! 쏟아내는 폭풍 수다

4. 밤길

내 그림자에 내가 놀라
머리통이 밤송이가 되었다

이렇게 겁이 많은 걸 보니
나는 아직 더 살고 싶은가 보다

갈등

옛말에 눈이 멀면
귀가 밝아진다고 했는데

나는,
눈도 점점 침침해지고
귀도 자꾸 어두워진다

개똥밭이라도 굴러야 할 날이 아직은 남아 있어
어느 것 하나는 쓸 만해야 하는데
큰일이다

한 가닥 희망을 품고
전래하는 조상 말을 온전히 믿어야 하나

이젠 폐물이 다 되었다고 염장 지르는
밥상머리 밉상 말을 순순히 믿어야 하나

등꽃이 주렴처럼 하늘거리는 봄날

등에 대한 단상 1

얼굴은 숨고 싶으면
두 손으로 가리면 되지만
등은 허허벌판 숨을 곳이 없다
온갖 눈화살을 다 맞고 살아서
방패처럼 단단하게 굳어졌다
갖은 수모를 평생 참고 살아서
고목처럼 말라 구부러졌다
바닥서 잔뼈가 굵어 연민이 많아
약자를 보면 그냥 지나치지 않고
온갖 궂은일은 도맡아 하고도
티 내거나 엄살떨지 않는다
욕심이 없어 죄도 짓지 않으며
양심이 내다보는 창이 거기 있어
시치미 뚝 떼고 가면 뒤가 켕긴다
아무에게도 관심받지 못하지만
누구에게도 불평하지 않는다
무언, 무욕, 무심한 등도
절대 등을 보이기 싫어할 때가 있는데
그때는 홀연 오동나무집으로 들어간다

등에 대한 단상 2

사람을 볼 땐 얼굴만 보지
하지만, 제대로 보려면 등을 봐야지

출구 앞에서 입구가 궁금하진 않지만
입구 앞에선 출구가 궁금하듯

얼굴을 보고
그 사람 등이 궁금하진 않지만

등을 보면
그 사람 얼굴이 궁금하지

얼굴은,
그 사람의 출구

등은,
그 사람의 입구

출구를 보고 다 봤다고 하면 낭패 보기 쉽지

입구로 들어가야 온갖 귀중품 한눈에 볼 수 있지

오늘은 별 보고 웃는다

웃을 일이 없는데도
웃는 일이 많아졌다

제2의 인생 설계는 했어?
너는 묻고, 나는 웃는다
무계획이 확실한 계획이어서
두 번째 생은 저세상인 줄 알고 살아서
할말이 없어, 그냥 웃는다

이 정도면 투자할 만하지?
너는 묻고, 나는 웃는다
여긴 전망이 좋아서 햇볕도 잘 들고…
별세계 소리가 귓등에 윙윙거려서
탁 트인 전망 앞에서
꽉 막힌 나의 전망 내다보고 있어서
무슨 말을 했는지 몰라, 그냥 웃는다

치매도 온다는데 백신 맞을 거야?
너는 묻고, 나는 웃는다

어쩌다 유튜브 맹신자가 되어 버린
생각이 다른 게 아니라 완벽하게 틀려서
일어난 일보다
일어나지 않은 일을 철석같이 믿고 있어서
할말이 너무 많아, 그냥 웃는다

웃는 일이 점점 많아졌다
그나마 웃음이 간신히 나를 살린다

3부

겨울 강가에서

울 수도 없고
울지 않을 수도 없을 때
목이 아프도록 쳐다보던 서쪽 하늘

눈물이 되지 못한 내 설운 울음이
거기 집성촌에 모여 살다
무슨 일로 떼로 몰려온다

나이 든 설움이 죽기라도 했는지
하얀 소복 차림으로 하염없이 나려온다

어쩌란 말인가
이렇게 막무가내 품안에 쓰러져 오면

오늘도 앙상한 버드나무처럼
홀로,
강둑에 서서 먼 하늘 쳐다보고 있는데

대궁밥

청소년 수련원 아침 식당 가는 길
햇밥 같은 아이들이 조잘조잘 지나가고

조팝꽃 피어 있네

쪼그마한 꽃밥상 앞에서
이십 리 컴컴한 산길 걸어 공사판에 바삐 가실
아버지, 여태 새벽조반 드시고 있는데

개다리소반엔
눈부시게 반짝이는 좁쌀 섞인 하얀 이밥

잠이 덜 깬 어린 아들은 두 눈 비비며
놋쇠 밥그릇 연신 들여다보고

여린 목이 자라처럼 늘어나네

주발에 붙은 밥풀까지 싹싹 긁어먹고
설잔 잠을 마저 자려 모로 누운 까까머리

꽃의 가출

빈집 뜨락 목련나무 아래
떨어진 꽃잎이 어지럽다

어디로든 도망가고 싶어 하는 발자국 같다

가출을 결심하고 어둡기를 기다리던 사춘기처럼
나무 아래서 서성거리는 발자국

차마 첫발을 떼지 못해
제자리서 맴돌고 있는 소심한 심장을 위해
등을 떠밀어 결행을 도와주듯

싸리문까지 보폭 너비로 꽃잎을 깔아 주었다

숫눈길을 걸어간 듯
선명한 길이 트이자

오래 망설이던 발자국이 우르르 몰려나갔다
간간이 붙어 있던 시든 잎도 마저 따라갔다

어쩌나, 집 나간 저들이 영영 돌아오지 않으면
캄캄한 집에서 홀로 목련나무 어쩌나

설화

가족은 한 포기 배추 같았다
단칸방에서 배춧잎처럼 달라붙어 살았다
자꾸 얼굴이 노래지는 막내는 안쪽에 두고
차례대로 겹겹이 포개져서 잠을 잤다
바깥쪽에서 작은 등으로 외풍 막아주는
어머니는 겉대였고
(이때부터 서서히 우거지가 되고 있었다)
자주 집을 비우는 아버지는 보이지 않는
배추 뿌리였다
어느 날 갑자기 쓰러지고 난 뒤에야 알았다
뿌리가 땅 위로 드러나자
배추도 통째로 모로 넘어졌다
어쩌면 새끼손가락만도 못한 뿌리라니!
저렇게 허술한 뿌리를 믿고
남몰래 푸른 장미 꿈을 꾸었다니!
여러 날 바닥에 드러난 뿌리는 이미 시든 뿌리
밑동이 잘려 나갔다
뿌리를 잃자 하나, 둘…
배춧잎은 힘없이 떨어지기 시작했다

뿔뿔이 흩어져 나뒹굴다 마침내,
배추통은 흔적 없이 눈앞에서 사라졌다
삐쩍 마른 우거지만 제자리에 오래 남아
한때는 한 포기 배추였다는 걸 생각나게 했다

거미집

꿈결인 듯
창밖이 수런거리는 소릴 들었다

잡목 우거진 숲을 헤치고 오는 소리
함부로 막 자란 뒤꼍 풀잎 스치는 소리

어머니를 본 지가 언제였던가

밤사이,
가랑비 맞으며 몰래 다녀가시었나

차마 방문은 열 수 없어
웅크리고 자는 등만 오래 들여다보시었나

괜찮다, 이젠 다 괜찮으니
허리 쭉 펴고 살라고 당부도 하고 가시었나

쪽창에 선명한 지문指紋이 찍혀 있다

봄날은 가고

  아버지는 배호를 좋아했고 음치였고, 어머니는 백설희를 좋아했고 간드러지게 잘 불렀고, 나는 전축판 지직거리는 소릴 절로 듣고 자라 흘러간 노래 많이 알고 대충 부르고, 술 진탕 먹고 노래방서 배운 솜씨라 술 없고 마이크 없으면 못 부르고, 불렀다 하면 안개 긴 장충단공원이고, 담배 연기 안개처럼 자욱하니 무르익어 가면 끝내 봄날은 간다 부르고, 새가 날면 따라 웃고 새가 울면 따라 울다 진짜 울고, 분위기 망친 별 싱거운 놈이 되고, 오래전 먼저 가신 아버지껜 괜히 죄송하고, 어머니 생전에 노래방 한 번 모시지 못한 후회가 사무치고, 얄궂은 그 노래에 봄날은 또 가고

어머니의 유산

손바닥으로 방바닥을 쓴다

털갈이 짐승도 아닌 것이
어쩌라고 머리칼은 자꾸 빠져

거머리처럼 바닥에 착 달라붙어
걸레질에도 좀체 떨어지지 않아

손바닥으로 쓱 — 쓱 — 쓸어 댄다

엉덩걸음으로 엉금엉금
팔순의 어머니가 그러했듯이

내 꿈은, 살이 실한 긴 대빗자루 들고
돌담 밑이랑 댓돌이랑 손님맞이 하듯
아침마다 너른 마당 쓰는 것이었는데

마당은커녕 빗자루 하나 물려주지 않고
아버지는 홀연히 먼저 가시었으니

고것이 두고두고 마음에 걸리셨던지
어머니 가시기 전,
빼꼼 열린 문틈으로 쓰는 법까지 알려 주신

손 빗자루

입관

하얀 수국 같은 종이꽃이 관 가득 빼곡 피어 있었다
반듯이 누운 어머니는 깡마르고 빳빳한 북어 같았다
들어서 꽃밭으로 모시는데 너무 가벼워 눈물이 났다
특별 서비스란 장의사 말에 허리 굽혀 두 번 절했다
자그마한 등 밑으로 손을 넣어 보니 폭신폭신하였다
그게 좋았다 그 어떤 것보다 그게 좋아 맘이 놓였다
생전에 못 드린 노잣돈은 몰래 허리춤에 꽂아드렸다

빈소殯所

　일반 1호실에 홀로 앉아 깡소주를 마신다. 제단은 낼 아침 일찍 꾸밀 거니 영정만 올려놓고, 향은 꺼뜨리지 말라 당부하고 장의사는 돌아갔다. 마침 다른 상갓집이 없어 모든 호실이 비어 있는 게 다행이다 싶다가도 이내 쓸쓸해졌다. 어쩌다 이렇게 빈소貧所가 되었는지, 가계의 변천사를 생각하다 벽에 기대 꾸벅꾸벅 졸았다. 졸다가 깨어 황급히 향을 갈았다. 갈다가는 가늘고 긴 대궁이가 부러지기도 했다. 왜 빈소의 향은 빨리 타는지, 왜 쉽게 부러지는지, 촛불처럼 밤새 타는 건 왜 없는지… 처음으로 향촉 오래 바라보다 또 깜빡했다. 이따금 조문실 주방 냉장고가 탱크 발진하듯 돌아가고, 뱃속이 텅텅 빈 영안실이 허기진 사람처럼 부르르 몸을 떨었다. 오늘 오후 향처럼 가늘어진 여든일곱 생이 맥없이 툭 부러졌다. 결혼식 때 보고 삼십 년 만에 다시 보는 한복차림 어머니, 생애 제일 높은 단상에 올라 그윽이 내려다보며 미소만 지으신다.

작은 그림자

여든일곱 어머니는 바깥나들이를 마다하신다
구부정하고 왜소한 그림자가 싫다고 하신다
감나무 쌍간雙幹처럼
한 뿌리에서 갈라져 나온 같은 줄기인데
고목이 될 때까지는 함께 살아야 하는데
당신의 곁줄기가 싫으시다니
말씀이야 외관을 두고 하시지만,
아직도 몸속은 돌투성이 비알밭인데
그림자는 순탄한 평지여서 달갑잖으신 걸까
고장 난 무릎관절 아예 녹슬어 버리게
방구석에 그냥 방치하려 작정하신 걸까
그도 저도 아니면
마른 혼이 빠져나가는 것 같아 두려우신 걸까
곱씹을수록 명치끝이 먹먹해지는데
어머니는 불도 켜지 않고 방에서
도리어 자그만 그림자 되어 티브이만 보신다

정월대보름

너무 조용하니 희한하네, 꽹과리 두들기며 지신 밟는 패들이 온 마실 돌아댕길 땐데 누가 더위팔기를 하나 망우리를 돌리나, 사는 걸로 치면야 지금이사 편코 말고지만 죽을둥 쌩고생은 했어도 그래도 그때가 좋았던 것 같애, 사람 사는 것 같앴어

아파트 현관문 들어서시는 팔순 노모

이놈우 자슥 팔 데가 없어 지 애미한테 더월 팔아! 아침 봉당 쓸던 빗자루 치켜들면 깔깔대고 달아나던, 여장에 분단장하고 집집을 돌아 오곡밥 얻어 사랑에 둘러앉던, 아지미 집엔 또래 해깐이가 모였다 하여 놀래키려 갈궁리도 하다 귀신 얘기에 이불 당겨 뒤집어쓰느라 밤새는 줄 몰랐던,

울음은 소리 속에 있다

1

비탈진 언덕을 상여가 올라간다
곡哭도 없이 묵묵히 뒤따르는 상제들

ㅡ 이제 가면 언제 오나
ㅡ 저승길이 멀다 하나 대문 밖이 저승일세
(오호 넘차 어호)

선소리꾼이 요령 흔들며 앞소리를 메기자
울음이 터져 나온다

2

산 중턱 양지쪽에 봉분이 올라간다
새끼줄에 지폐 꽂으며 헛곡하는 상제들

ㅡ 친구나 벗이 많다 한들 어느 친구 동행하며
ㅡ 일가나 친척이 많다 한들 어느 일가 대신 갈까
(에헤이 여라 달구)

선소리꾼이 달구질하며 앞소리를 메기자

통곡이 터져 나온다

4부

눈밭에 새소리

누가, 크나큰 백지의 적막 앞에서 붓을 꺾고
갈기갈기 찢어 흩뿌리고 있나

한지 조각이
고요의 조각들이
고요하게도
논바닥에 쌓인다

다시금 한 장의 적막이 넓게 펼쳐졌다

짹짹짹짹짹…

까막눈 참새가 멋모르고
붓 대신 소리로 획을 친다

울음이 짙은 먹물처럼 반짝반짝 빛난다

이름대로 산다는 것

'꽃' 글자를 보고 있으면 꽃과 많이 닮았다
잎이 보이고, 암술이 보이고, 받침이 보인다
정말 꽃 같다

'솔'이란 글자도 소나무와 흡사하다
쭉 곧은줄기에 우산 같은 잎가지 달고
골짜기가 있는 언덕에 서 있다

물은 물 같고, 돌은 돌 같고, 나비는 나비 같다

이름 있는 모두는 이름과 잘 어울린다
서로 닮았다
오래 함께 살면서 보듬고 스미어 한몸이 된 것이다

이슬은 이슬로, 노을은 노을로
오로지 이름대로만 살아서 늘 반짝이고 설레인다

매일 봐도 처음 본다

의문

꽃을 보고 있노라면
나도 꽃처럼 피고 싶다

꽃으로 핀다면,
나는 지금 활짝 피어 있는 것인가

아직도 피려고 용쓰고 있는 것인가

아무도 모르게 피었다 벌써 시든 것인가

숨차게 육갑六甲봉 정상 막 올라섰는데
자꾸만 이렇게 궁금해지는 것이다

피어 있다면 무슨 꽃인지
피지 않았다면 피기는 필는지
이미 졌다면 제대로 피기나 했는지

화들짝 피어나는 봄꽃 보고 있노라면

술내

'술 먹고 실수해도 좋은데, 똑같은 실수를 반복하지 말자'
이십 대의 일기다

'술 먹고 실수하지 않아 좋은데, 똑같은 실수를 반복한다'
오십 대의 일기다

술독 속에 꼭꼭 숨은 나를 찾아 30년을 헤매었다

사관

나라님도 아닌데
꼭 붙어 다니며 기록하는 자가 있다

말로 지은 죄는 경죄나
몸으로 지은 죄는 중죄라
몸의 행적만 낱낱이 기록한다

암호처럼 점으로 또박또박 찍어 두어
아무나 함부로 해독할 수 없지만
실은, 그 어느 실록보다도 정치하여

어쩌다 기록이 만천하에 공개되는 날이면
한마디 항변도 못 하고 외딴섬으로
귀양살이 배를 타야 할지도 모르는 일

눈이 오면 오래된 관행으로
사초 한 장을 열람할 수 있는데
꾹꾹 눌러쓴 서체를 보면 섬뜩하다

발은,

나의 역사를 기록하는 종신 사관

기방 찾아가는 한량처럼

달밤에
눈 속에 핀 매화를 보러 간다

이름하여 '설중매'

구름에 가리어진 여린 달 초롱처럼 앞세우고
길게 담장이 에워싼 고택을 찾아가는데

나는 왜, 그 옛날 매창이나 설죽 같은
시문 깊고 정조 굳은 기녀 이름이 떠오른다

교산 선생같이 뛰어난 문장가는 아니지만
한잔 술은 걸쳤겠다, 오늘은
설중매와 마주 앉아 시나 한 수 읊었으면

주머니 속 동전을 엽전인 양 짤랑거리며
건들건들 한량처럼 간다
가면서 또 이런 달뜬 생각도 한다

풍문으로 온다는 소식 듣고 고고한 그녀도
하얀 비단 장옷으로 얼굴 반쯤 가리고
까치발로 담장 너머 슬금슬금 내다볼 것이다

서울에 가고 싶다

나는 여전히 서울이 멀고 불편하다
어쩌다 갈 일이 생기면
어떻게든 안 갈 궁리부터 한다
어쩔 수 없이 가게 되면
당일치기로 후딱 갔다 온다
그럴 때면 머리부터 발끝까지 은근히 신경을 쓴다
촌놈이라서 그렇다
정말 어쩌다 종로 거리라도 걷게 되면
사방이 으리으리해도 대놓고 한눈팔지 않는다
갈 곳도 없으면서 서울 사람처럼 바삐 간다
파도에 쓸리는 조개껍질마냥
인파에 밀려 이리저리 쓸려 다니다
놀라 달아난 혼을 찾아 돌아올 때면
영동고속도로 표지판만 보여도 손아귀가 풀린다
마치 집에 다 온 것처럼 편안하다
이처럼 빌려 입은 양복 같은 서울도
아주 이따금 가고 싶다
외로움이 경포바다 십리바위 같을 때
망망대해 같은 서울 한복판에서

차라리 이름 없는 돌섬으로 떠 있고 싶다

날개

'옷이 날개다'
이 말은 옷이 좋으면 사람이 한층 돋보인다는 뜻이다
사전적 의미다

'옷은 날개다'
이 말은 옷이 정말 사람의 날개란 뜻이다
사실적 의미다

팽팽한 빨랫줄 같은 가을 아침
흰 셔츠를 널다 알았다
줄에 걸어 놓은 옷이
접은 나비 날개란 걸

저 날개가 바람에 너풀거리며
무거운 몸을 달고 꿀 찾아다녔다

저 날개가 없이는
코스모스 들길도 갈 수 없다는 걸 알았다

날개를 떼어 놓으니
오도 가도 못하는 몸뚱이가 덩그러니 있다

앉은 자리

1
앉을 수 있는 가장 높은 곳에 잠자리는 앉는다

풀잎 꼭대기에
벼이삭 꼭대기에
바지랑대 꼭대기에

여차하면 빨리 달아나기 위해서다

위로만 날 줄 아는 슬픈 족속

2
앉을 수 있는 가장 갓자리에 나는 앉는다

회의실 끄트머리에
회식자리 끄트머리에
합동연수회 끄트머리에

여차하면 일찍 도망가기 위해서다

위로는 날 줄 모르는 딱한 족속

우울한 하루
— 2021

7시.
벚꽃도 홀로 피었다 홀로 지는 날
심란하여 싸구려 운세를 보니
오는 이는 다 귀인이니 가까이하고
물가는 뱀 보듯 멀리 돌아가라 하였는데
사람은 자꾸 멀어지고, 물은 점점 가까워지니
올 운수는 대통하기 글렀다

9시.
지갑과 핸드폰을 챙겨 외출하다
황급히 돌아와 마스크를 썼다
전엔 우습게 봤는데 하루아침 상전이 되었다
마스크가 없으면 좋아하는 짜장면도 못 먹는다
방구석에 수북이 쌓인 귀하신 몸을 보면
부자가 된 것처럼 뿌듯하다

11시.
길 가다 반가운 사람을 만나 인사하는데
무심코 손바닥을 내밀었다가

얼른 주먹으로 바꿨다
이번엔 상대가 손바닥이다
긴장한 복서처럼 세 번 만에 주먹을 맞댔다
악수가 헷갈리고 사나워졌다

13시.
눈만 보면 모두가 비슷비슷하여
마스크 속 하관을 상상하는 버릇이 생겼는데
오가는 길이 겹쳐 자주 마주치던 사람을
우연히 식당에서 보았다
머릿속으로 그려보던 모습과 너무나도 달라
젓가락을 놓칠 뻔했다

15시.
오래간만에 후배가 하는 가게에 들렀다
지나치는 사람들이 모두 마스크를 쓰고 있으니
가게도 마스크 씌워 달라 떼를 쓰는가 보다
'폐업'
귀가 없는 얼굴에 테이프를 붙여 가며 씌우는데

두 손으로 잡아 주었다

폭설暴說

눈사람이
눈을 맞을까 봐
눈 더미에 굴을 파고 안에다
누군가 석불처럼 모셔 놓았다
나는 지나가던 발길을 멈추고
어느 눈 같은 사람을 생각하며
흐뭇이 입꼬리가 올라가는데
조무래기 한 놈이 쪼르르 오더니
다짜고짜 주먹을 날렸다
눈사람 머리통이 박살났다
짙은 눈썹으로 마냥 웃고 있던
순한 얼굴이 순식간 사라졌다
야! 너 왜 그랬어?
그냥요.

뭐 이런 씨불알 놈이 다 있나

꿈 이야기 1

꿈속에서 울다
눈을 뜨니
진짜 울고 있다

오래된 지붕에서 비가 새듯
꿈이 새고 있다

빈틈없이 사는 게 잘 사는 줄 알고
투명 비닐 막으로 둘러싸고 살았는데
면도하다 살짝 금갔나 보다

슬픈 영화가 갑자기 끝나
미처 수습하지 못한 눈물처럼 당혹스럽다

높은 담벼락에 기대 오란비처럼 울었는데
베갯잇만 촉촉하게 젖은 걸 보니
나는 아무래도 꿈속이 더 슬픈가 본데

다행인지

불행인지
모를 일이지만

어디서든 울음은 실컷 울어야 살지
꿈은 다시 돌려보내야 할 것 같아

손등으로 눈가를 훔치고는
가만히 눈을 감고 꿈길을 더듬어 본다

꿈 이야기 2

나는 꿈밖과 꿈속, 두 세상에서 살고 있다

꿈밖에선 내 뜻으로 사나 뜻대로 이루어지지 않고
꿈속에선 아무 뜻 없이 사나 뜻대로 이루어진다

꿈밖의 나는 오로지 한 여자만 바라보며 살고
꿈속의 나는 자유연애주의자라 수시로 여인이 바뀐다

꿈밖의 나는 도덕을 숭배하나 죄짓고 도망도 잘 가고
꿈속의 나는 도벽도 있으나 발이 굳어 도망도 못 간다

꿈밖에선 가족이 다 믿는 신을 안 믿어 사탄으로 살고
꿈속에선 믿는 신이 많아 합장도 하고 성호도 긋는다

꿈밖의 나는 어디 멀리도 못 가고 매일 집에서 살고
꿈속의 나는 어디로 싸돌아다니다 이따금 나타난다

꿈밖의 나와 꿈속의 나는 같은 데도 다른 사람 같아
얼굴 맞대 보고 싶지만 서로가 바빠 만날 수 없다

꿈밖의 나는 꿈속을 갈 수 없는 저승 같다고 하고
꿈속의 나는 꿈밖을 살 수 없는 저승 같다고 한다

첫사랑

종이로 치면 전지만 하여

하도 커서
도저히 품고 다닐 수가 없어서

접었다

접고, 접고, 또 접어…
손바닥 반만 하게 접어

주머니에 넣고 다닌다

손때가 묻고, 모서리가 닳아
펼치면 조각조각 날 것 같은

128절지 그리움

경칩

소리꾼이 부채를 펼치듯 장닭이 홰치며 목청을 돋우자
암탉은 꼬꼬꼬 추임새를 넣는다 북재비처럼 앞발로 바가
지를 툭툭 치는 삽살개, 폐나무 속으로 부산스럽게 드나
드는 조무래기 구경꾼 참새 소리가 싱그럽고 뒷산 밭두
렁에서 검은 만장 같은 묵은 비닐 벗겨 내던 농군, 천천히
허리 펴곤 집 마당 내려다본다 정수리는 따사로운데 귓불
이며 목덜미는 아직 으스스하여 양지쪽 바람막이 담벼락
이 그리운 날, 소리 하나라도 놓칠세라 목련은 고양이처
럼 귀를 쫑긋 세우고 담장 위로 얼굴 쏙 내민 매화낭자 짓
궂은 바람 농지거리에 볼 붉어지는데 아련하게 스치는 향
긋한 분 내음, 소리 한마당이 끝났음을 알리듯 암소 울음
이 징소리처럼 길게 울려 나간다

대설

소나무우산살이 부러졌다
전봇대로 나앉아 잔뜩 움츠린 직박구리가 오석 같다
목동처럼 저녁이 와서 흩어진 어둠을 불러 모으는데
감나무 가지에 간신히 몸을 얹은 박새 고갯짓이 조급하다
굴뚝새는 물수제비뜨듯 집집으로 가물가물 멀어져 가고

포롱, 포롱, 포롱…

참새, 멧새, 딱새, 곤줄배기도 부산하다

돌탑

백담사 냇가
무수한 돌탑

내설악처럼 솟아 있다

어떤 이는 종일
자기보다 크게도 쌓지만

모두가 탑을 세울 수는 없는 일

남들이 손 모아 빌어 올린 소망 위에
나도 하나 슬쩍 얹어 볼까 싶어 둘러본다

첨탑처럼
하나같이 꼭대기는 뾰족돌

손에 들었던 작은 소망 슬그머니 도로 놓는다

나무와 새

돌멩이가 날아오듯
쏜살같이 지빠귀가 감나무에 내려앉네

어린 가지는 아래위로 한껏 출렁거리고
새는 좌우로 있는 힘껏 발가락 오그리고

이윽고 흔들림이 잔잔해지자
돌을 삼킨 연못처럼 사위는 고요하네

부러지는 나뭇가지에 날아와 앉는 새를
본 적 없네

부러지면서까지 새를 받아 주는 나무를
본 적 없네

새는 나무의 잔근육을 키우고
나무는 그 힘으로 열매를 달고

마침내 열매는 새에게 온몸을 바치네

홀로서기와 열매

이홍섭

시인

1. 감각과 묘사

김영삼 시인의 첫 번째 시집『온다는 것』은, 시 쓰기를 통해 삶의 주인이 되고자 하는 한 중년 시인의 여정을 밀도 높게 보여 주었다. 당시 나는「시 쓰기와 주인 되기」라는 제목으로 해설을 쓴 적이 있는데 이번에 두 번째 시집을 엮는다고 했을 때 한 번 더 해설을 써 보고 싶다는 의사를 밝혔다.

자칫 시인에게 민폐가 될 수 있음에도 불구하고 자청해서 해설을 써 보겠다고 밝힌 것은, 시인과 오랜 인연에 대한 내 나름의 고마움 때문이기도 하고, 첫 시집 이후에 전개된 시인의 시 세계에 대한 관심이 그만큼 컸기 때문이기도 하다.

곁에서 지켜본 김영삼 시인은 "시는 왜 쓰는가, 시는 어떻게 진화하는가"라는 질문에 모범적 답을 찾아가는 시인이다. 물론 시가 장르적 특성상 여전히 청춘의 장르인 측면이 있고, 젊은 나이에 일찍 시마가 발현된 시인이 많은 것도 부정할 수 없지만 그렇다고 이것이 문학사를 관통하는 보편적인 현상이라고는 단정 지을 수 없다. 시가 죽었다고 하는 시대에도 여전히 시는 쓰이고, 뒤늦게 창작에 몰두한 시인들도 여전히 좋은 시들을 발표하기 때문이다.

첫 시집의 해설에서 나는 주로 시의 내용을 중심으로 글을 전개했는데 시집의 추천사를 쓴 문태준 시인은 "김영삼 시인은 감각이 아주 예민하다"며 시인의 감각을 중심으로 시집 전반을 평가했다. 이번 시집에도 문태준 시인의 추천사처럼 시인의 감각이 빛나는 시들과 이 감각이 시인 특유의 치밀한 묘사와 어우러진, 완성도 높은 시들 또한 많다.

소리꾼이 부채를 펼치듯 장닭이 홰치며 목청을 돋우자 암탉은 꼬꼬꼬 추임새를 넣는다 북재비처럼 앞발로 바가지를 툭툭 치는 삽살개, 꽤나무 속으로 부산스럽게 드나드는 조무래기 구경꾼 참새 소리가 싱그럽고 뒷산 밭두렁에서 검은 만장 같은 묵은 비닐 벗겨 내던 농군, 천천히 허리 펴곤 집 마당 내려다본다 정수리는 따사로운데 귓불이며 목덜미는 아직 으스스하여 양지쪽 바람막이 담벼락이

그리운 날, 소리 하나라도 놓칠세라 목련은 고양이처럼 귀를 쫑긋 세우고 담장 위로 얼굴 쏙 내민 매화낭자 짓궂은 바람 농지거리에 볼 붉어지는데 아련하게 스치는 향긋한 분 내음, 소리 한마당이 끝 났음을 알리듯 암소 울음이 징소리처럼 길게 울려 나간다
　—「경칩」 전문

　누가, 크나큰 백지의 적막 앞에서 붓을 꺾고
　갈기갈기 찢어 흩뿌리고 있나

　한지 조각이
　고요의 조각들이
　고요하게도
　논바닥에 쌓인다

　다시금 한 장의 적막이 넓게 펼쳐졌다

　짹짹짹짹짹…

　까막눈 참새가 멋모르고
　붓 대신 소리로 획을 친다

　울음이 짙은 먹물처럼 반짝반짝 빛난다
　—「눈밭에 새소리」 전문

위의 두 편은 시인의 '예민한 감각'과 '치밀한 묘사'를 잘 보여 준다. 만물이 겨울잠에서 깨어난다는 절기인 '경칩'을 그려내고 있는 앞의 작품은, 시각과 청각, 의성어와 의태어, 식물과 동물, 그리고 사람의 움직임이 하나의 선으로 연결된 것처럼 서로 어우러지면서 경칩의 활기가 생동감 있게 느껴진다. 장닭이 홰치는 모습을 "소리꾼이 부채를 펼치"는 모습에 비유하며 시작된 이 시는 암소 울음이 "징소리처럼 길게 울려 나간다"로 마무리되면서 마치 한편의 마당극을 보는 듯한 느낌을 준다. 감각의 연쇄와 이를 끌고 가는 묘사의 힘이 만들어 낸 효과다.

뒤의 시 역시 시각과 청각의 어우러짐만으로 한 편의 완성도 높은 시를 만들어 낸다. 눈 내리는 한겨울 눈밭의 적막을 의인화하여 표현하면서 시각과 청각을 절묘하게 결합하여 마지막에 가서 "울음이 짙은 먹물처럼 반짝반짝 빛난다"는 공감각적 표현을 뽑아내는 솜씨가 돋보인다. 직접적 진술이나 과도한 해석의 개입 없이도 한겨울 눈밭의 적막이 마치 한 편의 흑백 영화처럼 있는 그대로 다가온다.

위 두 편의 시가 보여주듯, 김영삼 시인의 시는 예민한 감각과 치밀한 묘사가 조화를 이루며 완성도를 높여간다. 아래 시는 이러한 감각과 묘사가 추상적 관념을 형상화하는데 어떻게 작동하는지를 잘 보여 준다.

벽이란 남자는 고독 그 자체였다
남루한 몸을 어둠이 도배했다

저만치 탁자 위에 턱을 괴고
하얀 얼굴의 여자는 또 언제나 파리했다

서로 손 뻗으면 맞닿을 거리에서
서로 손을 감추고서 일정한 거리를 지켜 왔다
둘은 그렇게 가까이서 멀어져 있었다

몸속에 고압의 전류를 내장한 줄도 모르고
얼굴에 고만한 전구가 들어 있는 줄도 모르고

오랫동안 꽉 차 있던 어둠의 문이 열리고
한 줄기 빛이 혈액처럼 흘러들었다
단단하게 굳어 있던 외로움이 한순간 물렁해졌다

스르르 백사가 기듯, 하얀 손이 차가운 손을 찾아왔다

콘센트에 플러그가 꽂히고
창백한 얼굴에 환한 불이 켜졌다

칙칙한 벽지가 흘러내리고 이내 고독도 밝아졌다
— 「사랑과 고독」 전문

벽과 스탠드 전구를 각각 남녀 관계로 비유하여 사랑과 고독을 그려 내고 있는 위 작품은 감각적인 비유와 묘사, 그리고 후반부의 반전으로 읽는 재미를 더해 준다. 이 작품 역시 그 어떤 진술이나 해석적인 표현 없이 오로지 감각적인 비유와 묘사만으로 제목이 지닌 추상성에 도달하는 힘을 보여 준다. 이러한 힘 때문에 '사랑과 고독'이라는 고전적 제목이 전혀 이질적으로 느껴지지 않는다.

2. '주인 되기'와 '홀로서기'

김영삼 시인의 이러한 감각적 비유와 치밀한 묘사는, 첫 시집에 실린 시 「어부의 노래」의 한 구절인 "비늘 반짝이는 시어라도 걸리는 날이면/ 세상에 하나뿐인 요리를 늦도록 궁리한다"에서도 알 수 있듯이 오랜 숙고와 시 쓰기의 반복 끝에 터득한 것이라 할 수 있다. 시인은 자신의 감각을 깨우고, 치밀한 묘사를 통해 시의 밀도를 높이면서 삶의 '주인 되기'라는 치열한 여정을 걸어왔다.

나여,
나를 떠나가서 어디선가 배회하고 있을
나여, 돌아오라
(중략)

낯선 처마 밑 쪽잠일랑 보란 듯이 청산하고
나여 돌아오라, 고풍스럽게 문패도 걸어보자
—「허수아비」 부분

비로소 주인이 되었다

단 한 번
주인이 되어 본 적이 없었으니
(중략)
나는 혼자가 되어 아주 간신히 주인이 되었다
—「주인」 부분

너를 보내려고
수평선 너머로 아주 떠나보내려고

바닷가에 왔다

한때 너는 나의 종교여서
온갖 말씀과 믿음으로 두툼해진 경전
차마, 통째로 던질 수는 없고

한 장 한 장 뜯어내어
종이배로 띄워 보내야 하는데

저 멀리 흘러가다가는 제자리서
갈매기 떼처럼 둥둥 떠서 일렁거리고

나는 마음 약해질까 애타고 조급하여
네가 넘어가야 할 먼 경계선만 바라보는데

철-썩, 철-썩

띄워 보냈던 것이 언제 밀려와
발밑에 축축한 종잇장이 하얗게 깔렸다
　　ㅡ「홀로서기」 전문

　　위 세 편의 시들 중 앞의 두 편 「허수아비」, 「주인」은 첫
시집 『온다는 것』에 실린 작품들이고, 마지막 시 「홀로서
기」는 이번 시집에 실린 작품이다. 나는 첫 시집의 해설에
서 앞의 시 두 편을 인용하며 첫 시집이 '주인 되기'의 여
정을 보여준다고 평한 바 있다. 요약하면, "나여, 돌아오
라"는 애타는 호소와, "나는 혼자가 되어 아주 간신히 주
인이 되었다"라는 탄식 사이에 첫 시집이 놓여 있다고 할
수 있다.
　　이번 시집에 실린 세 번째 시 「홀로서기」는 이 주인 되
기의 험난한 여정 이후의 세계를 잘 보여 준다. 시인은
"나의 종교" 같은 너를 보내기 위해, 그것도 "수평선 너머

로 아주 떠나보내려고" 바닷가에 왔고, 그 떠나보내는 행위를 경전을 한 장 한 장 뜯어 종이배로 띄워 보내는 것에 비유한다. 그러면서도 "마음 약해질까 애타고 조급"해하며 짐짓 "네가 넘어가야 할 먼 경계선만 바라"본다.

이 시에는 세 개의 마음이 서로 밀고 당기며 교차한다. 떠나보내려고 작심하며 바닷가에 온 첫 마음과, "차마, 통째로 던질 수는 없고"라는 표현에 담긴 미련이 남은 마음, 그리고 "약해질까 애타고 조급"한 마음을 추슬러 나가는 마음이 그것이다. 마지막 연은 이 세 개의 마음이 서로 길항하면서 남겨진 흔적 혹은 파편들이다. 셋 중 어느 마음이 이 싸움에서 이겼는가는 그리 중요하지 않다. 중요한 것은, 시인이 이 시의 제목을 "홀로서기"라고 붙였다는 점이다. 시를 다 쓰고 난 뒤 붙였을 것으로 짐작되는 이 제목은 두 가지 사실을 알게 해주는데, 그 하나는 시인이 홀로서기를 '선택'한 뒤 그것을 '실천'하는 중이라는 사실이고, 다른 하나는 이 제목이 홀로서기의 어려움을 역설적으로 보여 주고 있다는 점이다. 아래 시들은 이 홀로서기의 힘듦을 보여 준다.

그래,
남아 있는 것보다
떠나가는 것이 더 쉬운 일인지도 몰라
(중략)

그래,
떠나가는 것이
남아 있는 것보다 더 잘한 일인지도 몰라
―「나목」 부분

나는 나뭇잎처럼 주렁주렁 그늘을 달고 살아
그늘을 좋아하네

사랑이 사랑을 만나서 사랑을 잃듯이
그늘이 그늘을 만나면 그늘을 잃어버려
(중략)
마음마저 샛노래지던 은행 그늘이 사라지니
검푸른 나의 그늘만 오롯하게 다시 살아나네
―「오롯한 그늘」 부분

필연처럼, 질 때가 되면 꼭 바람이 오지
떨어지지 않으려고 악착같이 붙어 있는 것들
나무는 차마 어쩌지 못해 넋 놓고 있을 때, 오지

휘몰아치는 바람은 미련을 거두어 가는 검은 손
―「우연은 필연처럼 오지」 부분

　나무를 소재로 삼은 위 세 편의 시에서 시인은 떠나보
내고, 그런 내 마음을 달래고, 이런 상황을 받아들이는 과정을 순차적으로 보여 준다. 이러한 마음의 변화가 나목, 그늘, 바람으로 대치되면서 이 모든 변화와 과정은 '홀로 서기'로 수렴된다. 이 시들은 연시 풍으로 전개되지만, 그 안에서 이루어지는 내용들은 연애의 관계를 넘어, 관계 그 자체의 본질에 관한 탐구에서부터 삶 전체에 대한 깨달음 으로 확장되어 나간다.

3. 집으로 가는 길

이번 시집에서 도드라지는 것 중의 하나가 '집'의 발견 이다. 첫 시집에도 집이 등장하지 않는 것은 아니었으나 그 집은 유년의 가난을 회고하는 집이거나 "아무도 가 보 지 못한 눈앞의 집"(「그 집에 가고 싶다」)이라는 추상적 공간이었다. 물론 이번 시집에도 「바닷가 외딴집」, 「꽃의 가출」 등의 작품에서 이들 시의 연장선상에서 볼 수 있는 집이 등장하기는 하지만, 도드라지는 것은 나의 일상이 담긴 구체적이고 현실적인 집이 등장한다는 점이다.

돌이켜보니
여태껏 내가 한 일이라곤

집을 떠나는 일

117

떠났다 다시 돌아오는 일

해가 뜨면 일어나
어김없이 집을 떠나고

해가 지면 또 일어나
빠짐없이 집으로 돌아왔으니

아무리 오래 멀리 떠났어도
언제나 돌아올 만큼만 떠났으니

오늘도 무슨 이유로 집 떠났다가
아무런 이유 없이 다시 돌아오는

녹슬어 가는 불알시계
―「정년」 전문

 시인은 정년을 맞아 자신의 삶을 되돌아보며 "여태껏
내가 한 일"을 "집을 떠나는 일/ 떠났다 다시 돌아오는
일"로 정의한다. 물론 이 같은 반복을 "녹슬어 가는 불알
시계"라고 자조적으로 표현하지만, 삶의 한가운데에 '집'
이 있었음을 말하는 시인의 목소리는 비장하다.

그러고 보니 그림자는 나를

인도하는 스승이고, 동행하는 동반자고

올바로 가는지 지켜보는 감시자네

나의 혼이요, 뿌리요, 실체여서

그림자가 없으면 나도 없고

그림자 때문에 여태껏 살아온 거라고

내가 사는 게 아니라

그림자가 매일매일 살리는 거라고

살리느라 종일 굶어가며 따라오는 거라고

생각하다, 그림자도 이제 그만

들어가 부은 발등 씻고 쭈욱 뻗고 싶을 거라

생각하는 것인데, 오늘따라 집은

왜 이리 멀고 안 보이는지도 문득 생각하네

— 「집으로 가는 길」 부분

　시인은 현실 속의 삶은 "내가 사는 게 아니라／ 그림자
가 매일매일 살리는 거"라고 말한다. 이 그림자를 두고
"나의 혼이요, 뿌리요, 실체여서／ 그림자가 없으면 나도
없고／ 그림자 때문에 여태껏 살아온 거"라고 말하는 시인
의 목소리에는 허무가 짙게 배어 있다.

　첫 시집에서 '허수아비'의 삶을 건너기 위해 '주인 되기'
를 선택했던 시인은, 이번 시집에서 '홀로서기'의 힘든 여
정을 보여 주면서 자신과 함께 한 그림자를 발견한다. 홍

미로운 것은 시인이 이 그림자를 밀어내거나 비판하는 것이 아니라, 그림자의 실체를 적극적으로 인정하고 수용한다는 점이다. 집은 이 '그림자'와 '나'가 비로소 하나가 되어 쉬는 공간이다. 그런 점에서 '집으로 가는 길'이라는 제목에는 나와 그림자가 온전히 하나가 되고 싶은 기대와 희망이 깃들어 있다.

4. 나무와 새, 그리고 열매

이번 시집에는 어머니에 대한 시도 여럿 실렸다. 어머니의 마지막을 추억하고, 어머니를 떠나보내며 겪은 마음의 행로를 담은 「거미집」, 「어머니의 유산」, 「입관」 등의 작품은 시인의 심성을 드러내듯 군더더기 없이 맑고 애달프다.

첫 시집과 이번 두 번째 시집을 포괄해서 살펴볼 때 유년 시절 시인을 지배한 것은 "서른 번도 넘는 이사"(「이해할 수 없는 이해」)에서 오는 가난과 떠돎의 정서이다. 이것이 "아버지는 집이 있어야만 가장이지만/ 어머니는 집 없이도 가장"(「이해할 수 없는 이해」)이라는 인식을 낳았고, 위의 시에서 느껴지듯 어머니에 대한 무한한 연민 또한 낳았다. "이해할 수 없는 이해"라는 제목에서 알 수 있듯, 유년의 가난과 떠돎은 세상에 대한 '이해할 수 없는 이해'의 출발점이다. 이러한 가난과 떠돎의 정서는 이후 사랑과 세상과의 관계 맺음에 큰 영향을 끼친 것으로 보인다. 이러한 정서가 역설적이게도 다음과 같은 작품을 낳는다.

달랑 김치 하나 놓고
밥을 먹는다

하루가 지옥이면
밥맛은 천국이다

교회에 나가지는 않지만
이처럼 밥이 꿀맛일 땐
기도를 한다

자르르 윤기가 도는 밥알 넘기다 보면
딱히 누구에게랄 것도 없이
감사기도가 절로 몸에서 흘러나온다

하나님은 당신만 믿으라 하셨으나
이럴 때 나는 밥을 믿는다

밥이 나의 하나님이시다
— 「하얀 기도」 전문

시인이 떠돎을 거듭하면서도 "밥이 나의 하나님"이라고 외치고, "끝내 이기는 것은 몸이다"(「아르바이트」)라고 고백하는 것은 그 뿌리에 이 같은 유년의 정서가 배어 있다. 그런 면에서 시인에게 '집'과 '밥', 그리고 '어머니'는 가장家長이자 돌아가야 할 곳이라는 점에서 동일체라고 할 수 있다. 시인의 표현을 빌리면 "이름 있는 모두는 이름과 잘 어울린다/ 서로 닮았다/ 오래 함께 살면서 보듬고 스미어 한몸이 된 것이다"(「이름대로 산다는 것」).

돌멩이가 날아오듯
쏜살같이 지빠귀가 감나무에 내려앉네

어린 가지는 아래위로 한껏 출렁거리고
새는 좌우로 있는 힘껏 발가락 오그리고

이윽고 흔들림이 잔잔해지자
돌을 삼킨 연못처럼 사위는 고요하네

부러지는 나뭇가지에 날아와 앉는 새를
본 적 없네

부러지면서까지 새를 받아 주는 나무를

본 적 없네

새는 나무의 잔근육을 키우고
나무는 그 힘으로 열매를 달고

마침내 열매는 새에게 온몸을 바치네
— 「나무와 새」 전문

위의 시에는 시인이 얻은 삶의 지혜와 깨달음이 농축되어 있다. 세상을 받아들이고 견뎌 내는 평온平穩이 깃들어 있다. 지나치지 않는다는 의미에서의 중도中道란 아마도 이런 세계를 말하는 것이 아닐까.

이번 시집은 세상에 대해 "이해할 수 없는 이해"를 안고 살아온 시인이 시 쓰기를 통해 '이해'를 갱신하고, '홀로서기'를 해 나가는 과정을 보여 준다. 시 「백로」의 표현을 빌리면 그 과정은 "산다는 것에 대한 질문이 많은지/ 온몸이 '?'"이다가 "가끔 큰 답을 얻었는지 목을 길게 쭉 내뽑아/ 온몸이 '!'표"인 길이다. 시인의 이러한 행로는 이 시의 마지막 구절 "홀로 묻고 홀로 답하며 홀로 가는 몸이 눈부시다"라는 구절을 시인에게 고스란히 되돌려 주고 싶게 만든다. 끝

달아실에서 펴낸 김영삼의 시집

『온다는 것』(2017)

달아실시선 83

우연은 필연처럼 오지

1판 1쇄 발행	2024년 10월 18일
지은이	김영삼
발행인	윤미소
발행처	(주)달아실출판사
책임편집	박제영
기획위원	박정대, 이홍섭, 전윤호
편집위원	김선순, 이나래
디자인	전부다
법률자문	김용진, 이종진
주소	강원도 춘천시 춘천로 257, 2층
전화	033-241-7661
팩스	033-241-7662
이메일	dalasilmoongo@naver.com
출판등록	2016년 12월 30일 제494호

ⓒ 김영삼, 2024
ISBN 979-11-7207-031-1 03810